DE LA NÉCESSITÉ
POUR LES ROIS
DES SOUVENIRS DE LA RÉVOLUTION ;

PAR LE VICOMTE FÉLIX DE CONNY.

C'est sur des tables d'airain que doivent être gravées dans le palais des rois les sanglantes annales de la révolution française.

— Jamais les condescendances n'arrêtèrent la fougue d'une scélératesse séditieuse, ni, à plus forte raison, les manœuvres combinées d'une faction usurpatrice. Son autorité s'alimente de la terreur qu'elle inspire, et ne cède qu'à l'effroi qu'on lui donne.

(BERTRAND DE MOLLEVILLE, *Déclaration des Princes français.*)

SECONDE ÉDITION.

A PARIS,
CHEZ PETIT, LIBRAIRE, PALAIS-ROYAL, GALERIE DE BOIS.

DE L'IMPRIMERIE D'ANTHE. BOUCHER,
SUCCESSEUR DE L.-G. MICHAUD,
RUE DES BONS-ENFANTS, N°. 34.

M. DCCC. XIX.

DE LA NÉCESSITÉ

POUR LES ROIS

DES SOUVENIRS DE LA RÉVOLUTION.

Si nous examinons avec attention l'état actuel de la France, nous reconnaîtrons que, placé sous l'influence immédiate et sans cesse croissante des doctrines révolutionnaires, le pouvoir ne semble plus offrir aucun caractère de stabilité.... On dirait que la France est menacée d'être encore une fois jetée à travers l'arène sanglante des révolutions. Le temps des catastrophes marche à grands pas.... Elles semblent se présenter dans un avenir qui s'avance progressivement.... Les signes qui les précèdent sont tellement certains, qu'en contemplant ce tableau, tous les esprits sont frappés des plus vives clartés. — Les simples aussi bien que les habiles reconnaissent la vérité des choses. — De sinistres pressentiments nous agitent. La puissance du malheur nous menace.... La profondeur de l'abîme échappe toutefois à nos regards....

C'est un cercle illimité de catastrophes et de calamités que ne peut embrasser la pensée de l'homme dans son immense étendue. — Il reparaît, cet esprit de vertige qui brisa le trône et déchaîna sur l'Europe un assemblage inouï de crimes et de calamités. — Il reparaît avec une puissance qu'accroissent vingt-cinq années d'une activité qui fut enchaînée quelques instants, mais qui ne fut jamais détruite.

La France semble marcher à la sombre lueur de ces feux qui éclairèrent de leurs pâles clartés les funérailles du trône et tous les attentats rassemblés dans ce mot horriblement concis, *Révolution française.*

Au milieu du sombre appareil que présentent les scènes de l'horrible drame qui se prépare, je crois entendre le cri plaintif de la France; elle semble faire retentir ses accents de douleur au pied du trône, et, devançant la voix des siècles, adresser ces paroles à l'héritier d'Henri IV et de Louis-le-Grand :

« Sire, à ces jours sinistres où les flots de la
» tempête vous jetèrent sur une terre étrangère,
» couvrant vos regards d'un voile funèbre, vous
» les détournâtes de cette France où les vents
» sauvages de l'impiété et de l'anarchie avaient
» porté toutes les fureurs et tous les forfaits....
» Ils ne purent contempler le tableau déchirant

» de la patrie; et quand le temps vint apporter quelques consolations à vos royales adversités, votre ame ne put rester sous le joug de » ces funèbres méditations, de ces sombres » images de la révolution, qui, comme d'affreux spectres, apparaissent au milieu des » tombeaux et des ruines.—Ainsi, l'horrible caractère de perversité, qui fait de cette époque » une époque sans modèle dans l'histoire des » nations, échappa aux regards de notre Roi. » Accablé par les plus saintes douleurs, sa pensée » ne put mesurer ces abîmes où le crime avait » creusé d'immenses profondeurs.

» Enfin, après vingt-cinq ans de calamités, » ramené par la Providence, l'héritier de Saint-Louis vint s'asseoir sur le trône de ses pères. » —La France, parvenue au dernier degré de » l'oppression et du malheur, salua son Roi avec » cette ivresse et ce bonheur qu'aucune langue » humaine ne saurait exprimer. — Les cris d'amour vinrent dissiper les tristes images des » révolutions de la patrie. — Entraîné par les » plus ravissantes émotions, heureux d'être aimé, » vous ne vous souvîntes de tant de forfaits et de » tant de fureurs que pour verser tous les trésors » de votre inépuisable clémence. — Tout-à-coup » des cris d'alarme se font entendre. — Il se » lève, ce jour affreux où doit encore triom-

» pher le crime, et le soleil éclaire d'une pâle » et lugubre clarté le funèbre 20 mars........ » La trahison et le parjure ouvrent une seconde » fois l'arène sanglante des révolutions. De nou- » velles pages sont ajoutées aux longues et lamen- » tables annales de nos forfaits.

» Sire, l'histoire est la leçon des rois. — Ap- » pelés par la Providence à porter des sceptres, » ils sont condamnés à ne pouvoir secouer le joug » des souvenirs qu'elle retrace, quelqu'horribles » qu'ils puissent être. Ils doivent fixer sans cesse » leurs regards sur la postérité qui les contemple. » Elle inscrit dans le registre des âges ces mémo- » rables et solennels jugements que l'Egypte, » école des sages, gravait sur les tombeaux de » ses rois. — Les peuples peuvent oublier les » jours de la tempête quand ils sont gravés dans » la pensée des souverains.... Ils peuvent se lais- » ser entraîner par l'illusion qui console du » malheur.... Mais c'est sur des tables d'airain » que doit être gravée dans le palais des rois l'iné- » façable histoire de nos fureurs et de nos » crimes.... Ils sont condamnés à ouvrir sans cesse » ces immenses et funèbres archives, tristes et » lugubres méditations qui, dans tous les ins- » tants du jour et dans le calme des nuits, vien- » nent assiéger leurs royales pensées. — Ces graves » et austères vérités seront combattues par les

» artisans de nos crimes, les panégyristes des » révolutions, leurs lâches disciples, et cette » foule de sybarites qui, couchés sur des lits de » roses, couvrent de fleurs la route des abîmes... » Mais quelles que puissent être leurs cla- » meurs, elles n'attestent que d'une manière » plus éclatante cette austère et irréfragable vé- » rité.

» Sire, jamais votre peuple ne put réclamer » dans de plus graves circonstances l'accomplis- » sement de ce devoir imposé aux rois. — Si des » conseillers ont dit à Votre Majesté qu'il n'y » a plus de partis en France, ils l'ont audacieu- » sement trompée...... Les principes des révolu- » tions croissent avec une intensité progressive. » — De nouvelles fureurs peuvent renaître. — » Les feux du cratère ne sont point éteints. — » Souvenez-vous du 20 mars, Sire : c'est le cri » que doivent faire entendre ceux-là qui, placés » près du trône, connaissent toute la grandeur » et la sainteté de leurs devoirs. — Souvenez- » vous, doivent-ils répéter sans cesse, de ce jour » où les feux des révolutions semblèrent tout-à- » coup renaître avec de nouvelles fureurs, et me- » nacer de déchirer jusque dans ses entrailles » notre belle et malheureuse patrie.

» A l'aspect de vos nobles douleurs, Sire, lors- » que quittant une seconde fois la terre natale, » vos peuples répondaient par des cris d'amour

» aux sacriléges imprécations que des parjures » et des traîtres faisaient entendre... Dans cette » nuit, de sinistre et déchirante mémoire, lors- » qu'à la pâle clarté des flambeaux, vous parûtes, » les larmes, les sanglots, les cris de douleur des » citoyens fidèles portèrent dans ce cœur dé- » chiré, mais non point abattu, les plus tou- » chantes émotions. Les peuples se pressaient » sur votre passage, embrassaient vos genoux, » vous saluaient du nom touchant de père.... » L'écho de nos forêts répéta jusque sur la terre » d'exil le cri perçant de la douleur nationale... » Ah! sans doute, Sire, comme au temps de » vos premiers malheurs, votre ame toujours » française ressentit le besoin de jeter un voile » sur cette France, où triomphait le crime; sur » cette France, où des esclaves courbés si long- » temps sous le turban d'un sultan, portant en- » core les signes honteux de leur abjecte servi- » tude, venaient saluer, au nom de la liberté, le » soldat élevé par le crime sur le trône de nos » rois. Vos regards ne purent contempler dans » toute son horreur l'affreux spectacle que pré- » sentait cette belle et malheureuse Patrie...... » Le monstre de la révolution renaissant de ses » cendres, couvert d'un crêpe ensanglanté, s'a- » vançant au milieu des cris du délire, et mar- » chant avec le cortége de tous les fléaux et de » tous les forfaits.

» Sire, ce sont ces tristes monuments des ré-
» volutions des peuples que les rois doivent con-
» templer.... Les sceptres sont pesants sans doute
» quand de semblables lois leur sont imposées...
» Mais ces arrêts sont inflexibles.... Les sceptres
» des souverains se briseraient dans leurs mains,
» les débris des trônes s'abîmeraient dans la
» poussière, si les têtes royales essayaient de se
» dérober au joug que leur prescrit la Providence
» dans ses éternels décrets. »

Ainsi, et ce serait une belle institution, celle qui placerait près du trône un citoyen chargé de rappeler sans cesse aux souverains les plus mémorables époques de cette grande et terrible catastrophe; de leur montrer le berceau de la révolution française s'élevant à travers le sang et les ruines...; de dérouler à leurs regards cette chaîne de forfaits dont les nœuds ensanglantés liaient toutes les parties de cette belle France; de présenter ce tableau d'un peuple régénéré par l'athéisme, l'assassinat et le sacrilége; la théorie des crimes publics et privés érigés en système et en droit public universel par des législateurs parlant au nom de la raison et de la nature.... Epouvantable degré de perversité, qui imprime à cette époque un caractère de réprobation que n'eurent jamais aucune des révolutions qui ont tourmenté le globe.

Une semblable institution serait digne d'un

peuple rendu à la sagesse par le souvenir de ses longs malheurs, et qui vient recueillir les oracles de l'expérience sur les tombeaux des générations contemporaines et victimes de ces grandes et terribles catastrophes.

Le citoyen chargé de cette austère et sainte mission ferait retentir sans cesse aux oreilles de son Roi l'histoire à jamais lamentable de l'exécrable révolution du 20 mars. La Providence lui assigna cent jours pour durée dans l'espace des temps, mais leur poids écrasant sembla un siècle aux Français. . . . .

Il présenterait à son Roi les honteux et indestructibles monuments qu'éleva alors le crime triomphant. Il ouvrirait à ses regards ce livre où la Providence a permis que les parjures, fiers de leurs forfaits, inscrivissent eux-mêmes leurs mensongères et effroyables doctrines..... C'est là que l'œil épouvanté lit les paroles que vinrent prononcer dans le palais des Rois les artisans des malheurs de la patrie. C'est dans ce monument, que le temps ne détruira jamais, qu'ils ont inscrit ces lâches outrages faits aux plus injustes adversités, au malheur, au courage, à la fidélité.

En méditant sur le spectacle que présente la patrie, l'ame est déchirée par de tristes pressentiments et de funèbres images.... Mais le Français fidèle sent tout-à-coup renaître son courage en contemplant son Roi, en fixant ses regards sur les paroles sublimes que, sur la terre d'exil ou du haut du trône, Louis XVIII fit entendre à l'Europe..... Il se rappelle le sévère et solennel jugement qu'il porta de la révolution française....

Embrassant dans toute leur étendue les devoirs imposés aux princes, dédaignant les vaines clameurs des sophistes, Louis XVIII inscrivit ces pensées mémorables dans un monument qu'a consacré l'histoire.

« Lorsque nous prîmes la résolution de sortir » du royaume (1), ce fut moins pour mettre nos » jours en sûreté que pour préserver ceux du » Roi, en rendant infructueuse la scélératesse qui » les menaçait, et pour solliciter en sa faveur des » secours que sa position ne lui permettait pas de » réclamer lui-même.

» Lorsqu'aujourd'hui nous nous disposons à » y rentrer, c'est avec la satisfaction d'avoir rempli ces deux grandes vues, et d'être à la veille de » jouir de leur succès.

» Notre expatriation est devenue la sauve» garde de Sa Majesté. Notre retour annonce sa » prochaine libération et celle de ses peuples.

---

(1) Extrait de la Déclaration que les Princes, frères de Sa Majesté Très Chrétienne, et les Princes de son sang, unis à eux, firent à la France et à l'Europe entière, de leurs sentiments et de leurs intentions. (*Voyez* Bertrand de Molleville, *Histoire de la révolution française.*)

» L'une, effet de la violence, en a prévenu les » dernier excès.

» L'autre, protégée par les plus grandes forces, » fait pâlir à leur approche la faction criminelle » à qui la Providence a inspiré de les provoquer.

» Retracer les faits inouïs qui ont rempli l'in- » tervalle de ces deux époques, c'est rappeler » d'horribles souvenirs, c'est renouveler d'af- » freuses douleurs. Mais en ce moment qui fixe » l'attention de l'univers, en ce moment où l'on » voit l'Europe s'agiter pour sa tranquillité, en » ce moment où ceux qui défendent le trône sont » déclarés rebelles par ceux qui le renversent, » c'est pour nous un devoir de présenter aux » nations et de consigner à la postérité la chaîne » des principaux événements qui justifient à-la- » fois ce que nous avons fait, ce que nous faisons, » et ce qu'on fait pour nous.

» Trois ans se sont écoulés depuis que des es- » prits audacieux conçurent le projet de substi- » tuer à l'antique édifice de notre monarchie, » la construction informe d'un gouvernement in- » définissable, dont l'incohérence n'a pu produire » et n'a produit en effet que la plus barbare » anarchie.

» Ce fut au sein d'une assemblée d'états-géné- » raux, dénaturée dès son principe, qu'on vit » éclore ce monstrueux système qui dogmatise

» la révolte, qui renverse toutes les autorités, » qui brise tous les liens de l'ordre social. En la » convoquant, le Roi avait dit à ses peuples : *que » dois-je faire pour vous rendre plus heureux ?* » Et par la plus noire ingratitude, cet acte si- » gnalé de sa bienfaisance est devenu la source » de tous ses malheurs.

» Dès les premières séances, le tiers-état, abu- » sant de la prépondérance qu'un ministre per- » fide lui avait fait obtenir, attaqua les deux or- » dres ; ils furent sacrifiés, et bientôt l'assemblée » dominée par une démagogie licencieuse, ré- » fractaire à ses mandats, parjure à ses serments » et foulant aux pieds les conditions de son exis- » tence, s'érigea d'elle-même en assemblée cons- » tituante et s'empara de toute la puissance lé- » gislatrice, usurpation qui a vicié dans son prin- » cipe et frappé d'une nullité radicale tout ce » qu'elle a fait depuis.

» La postérité aura peine à croire les abomi- » nables excès qui furent la suite de ce premier » dérèglement ; elle ne concevra pas qu'en trois » mois de temps d'horribles artifices aient pu » produire un égarement tel, qu'il a fait dispa- » raître une nation douce et attachée à ses rois, » pour ne mettre à sa place que des hordes de » brigands, de cannibales et de régicides.

» Puissions-nous, au prix de tout notre sang,

» effacer la mémoire de ces journées atroces qui » souilleront à jamais nos annales, et où l'on vit » l'asile des rois violé par une populace forcenée, » les jours de la Reine menacés, les gardes de » Sa Majesté massacrés sous ses yeux, et le crime » triomphant traîner captif, après l'avoir ras- » sasié d'outrages, un monarque vertueux qui » toujours fut le père de ses sujets!

» On devait croire que le cri général d'indi- » gnation qu'excitèrent les forfaits des 5 et 6 oc- » tobre 1789, précédés de la scène scandaleuse » du 14 juillet, ferait rougir à jamais le peuple » de Paris, des excès frénétiques auxquels il s'é- » tait laissé entraîner, et préserverait le nom » français d'une nouvelle souillure du même » genre : mais les violences exercées le 18 avril » 1791, dans le palais des Tuileries, et les in- » sultes faites alors à la Majesté Royale, prolon- » gèrent le cours de ces horreurs dont la mesure » fut comblée par l'arrestation de Varennes, le » 21 juin suivant, et par les ignominieuses cir- » constances qui l'accompagnèrent.

» La faction anti-monarchique irritée de voir » que son souverain eût tenté d'échapper à l'op- » probe et aux tourments de sa captivité, plus » irritée encore de ce qu'il avait saisi le premier » moment de liberté dont il eût joui depuis près » de deux ans, pour protester contre tous les

» actes, consentement, discours et sanctions que » la contrainte lui avait arrachés, osa le faire » interroger, resserrer ses liens ainsi que ceux » de la Reine, et délibérer si elle les traînerait » l'un et l'autre en coupables devant son tribu- » nal. Elle s'en abstint; mais par un raffinement » d'attentat non moins cruel et plus utile à ses » vues, elle employa tout-à-la-fois les menaces » les plus barbares et les illusions les plus per- » fides pour forcer l'infortuné monarque de sous- » crire lui même à la dégradation de son trône » et à la ruine de ses peuples.

» Nul danger personnel, s'il lui eût été pré- » senté seul, n'eût fait fléchir son ame : il l'a » prouvé récemment encore. Mais on lui a mon- » tré le poignard suspendu sur ce qu'il a de plus » cher, on lui a fait voir dans son refus le mas- » sacre de ses plus fidèles serviteurs; en même » temps on a fait luire à ses yeux l'espoir du re- » pentir de ses peuples et de l'apaisement des » troubles : il a signé.

» Quel en a été le fruit? Aucun retour de calme » n'a versé dans son cœur le soulagement qu'on » lui avait fait espérer, et l'adoucissement mo- » mentané de sa captivité qui n'avait pour objet » que de tromper les nations étrangères, a été » bientôt suivi de nouvelles violences. En est-il » de plus caractérisée que celle qui l'a forcé de

» déclarer une guerre sans motif à son allié, à » son neveu, à un souverain dont il ne pouvait » que desirer l'appui ?

» S'il eût été libre, ce roi qui s'est tant de fois » sacrifié par la crainte de nuire à ses peuples, » eût-il attiré sur eux ce terrible fléau par-dessus » toutes les calamités dans lesquelles ils s'étaient » eux-mêmes précipités ?

» Jamais les condescendances n'arrêtèrent la » fougue d'une scélératesse séditieuse, ni, à plus » forte raison, les manœuvres combinées d'une » faction usurpatrice : son autorité s'alimente de » la terreur qu'elle inspire, et ne cède qu'à l'ef- » froi qu'on lui donne.

» Tout ce que le Roi a souffert, tout ce qu'il » a fait, dit ou écrit contre sa volonté la plus » intime, n'a pas empêché que ses barbares dé- » tenteurs n'aient continué à l'abreuver d'oppro- » bres, qu'ils n'aient livré son auguste épouse » aux outrages d'une populace soudoyée, qu'ils » n'aient répondu à ses plaintes par des leçons » féroces, qu'ils ne lui aient enfin disputé jus- » qu'au privilége de réveiller la pitié de son peu- » ple. A chacun de leurs triomphes, ils l'ont » montré enchaîné à leurs desseins. Dans les » divers degrés de sa continuelle détention, » ils ont employé son organe pour persuader à » l'Europe sa prétendue liberté, et, quoique cette

» cruelle dérision n'ait pu en imposer à personne, » ils y persistent impudemment, et le forcent » encore de se dire libre, pendant qu'ils disposent » de son conseil, emprisonnent et font massacrer » ses ministres, pendant qu'ils licencient sa garde » et en arrêtent le capitaine fidèle; pendant qu'ils » souffrent que Sa Majesté elle-même soit dé- » noncée, menacée, insultée publiquement, et » que la plus vile canaille, brisant les portes du » palais, vienne, la pique à la main, comme elle » a fait le 20 juin dernier, lui signifier effronté- » ment ses volontés, et souiller sa tête sacrée des » honteux symboles de la révolte. L'impunité » d'une telle horreur fait frémir. Loin de pour- » suivre les coupables, la faction les multiplie, » et fait venir de toutes parts dans la capitale les » scélérats les plus déterminés, comme si, à la » face de l'Europe armée contre tant de forfaits, » elle voulait annoncer qu'à la dernière heure de » la révolution, son atrocité surpasserait encore » les horribles excès qui semblaient l'avoir con- » sommée.

» Ce tableau des attentats commis contre la » personne du Roi, déchire trop douloureuse- » ment notre ame pour nous y arrêter davantage. » Il nous reste à exposer rapidement les autres » attentats qui ont violé toutes les lois du royaume » et renversé l'ordre public de fond en comble.

» La force, la dignité du trône, étant anéanties, tous les pouvoirs ont été cumulés dans les mains d'une majorité factieuse, gouvernée par des clubs incendiaires, et qui, soutenue audedans par des auditeurs mercenaires, audehors par des attroupements séditieux, a exercé sans pudeur l'arbitraire et le despotisme contre lesquels elle ne cessait de déclamer.

» On l'a vue proscrivant indistinctement les abus et les droits, confondant les bouleversements avec les réformes, substituant une licence effrénée à la sage liberté qu'un monarque bienfaisant avait offerte à ses peuples, ne s'occuper qu'à détruire, ne s'entourer que de ruines, saper toutes les propriétés, attaquer tous les états, et particulièrement celui qui est le soutien du trône, supprimer les distinctions inséparables du gouvernement monarchique et consacrées par une possession éternelle, dépouiller la couronne des prérogatives que la nation entière, par le vœu unanime des cahiers, avait ordonné de respecter, et rabaisser la puissance royale au-dessous même d'une vaine représentation.

» On l'a vue anéantir l'administration de la justice en livrant les fortunes, les droits et les personnes à l'incapacité de juges subalternes, amovibles, soustraits à la surveillance du chef

» suprême de l'état, et dépendants des caprices » du peuple, maître de leur choix et de leur des- » tinée.

» On l'a vue envahir les biens du clergé au » moment où il offrait aux finances de l'état des » sacrifices capables de les relever, changer et » confondre les limites des juridictions ecclésias- » tiques, exiger des pasteurs un serment interdit » par leur conscience, et leur présenter l'alter- » native de l'apostasie ou de la destitution.

» Le clergé de France étant demeuré inébran- » lable dans ses devoirs, à l'exception d'un très » petit nombre de renégats qui se sont rendu » justice en se séparant d'un corps digne de la » vénération publique ; on a vu l'assemblée, non » seulement oser déclarer les siéges épiscopaux » vacants, interdire les fonctions apostoliques à » ceux qui les tenaient de mission divine, et les » remplacer par de faux titulaires dépourvus » d'institution canonique ; mais encore joindre à » la violation de toutes les règles, toutes les hor- » reurs de la persécution, livrer les ministres de » la religion aux fureurs d'une populace effré- » née, les jeter dans les fers, les bannir et porter » contre eux des décrets dictés par le fanatisme » le plus inhumain.

» C'est à la religion même qu'on en veut en at-

» taquant aussi cruellement ses ministres. Les » ennemis de toute autorité savent que la reli- » gion est le plus sûr garant de l'obéissance des » peuples; ils savent qu'il n'y a point de religion » sans culte, point de culte sans ministres, point » de ministres sans institution régulière, et point » de respect pour les ministres institués, si leur » subsistance est incertaine et précaire. C'est » donc par une suite de leur système d'indépen- » dance absolue qu'ils veulent détruire la reli- » gion en détruisant tout-à-la-fois son culte, ses » ministres, les règles de leur institution et le » respect dû à leur état.

» Leurs sophistes professant publiquement l'a- » théisme et l'immoralité, travaillent sans relâche » à enlever au peuple la consolation et le frein » des idées religieuses; les encouragements, les » récompenses mêmes sont décernées solennel- » lement au scandale et à l'impiété; les temples » profanés et fermés aux catholiques, les prêtres » poursuivis au pied des autels, des pasteurs » octogénaires immolés sans pitié; des outrages » qui font frémir la pudeur, multipliés, tolérés, » autorisés jusque dans les plus saints asiles, ces » plaintes provoquant de nouvelles violences, » et les administrateurs, témoins insensibles ou » complices de toutes ces horreurs; voilà ce qu'a

» produit avec la révolution, la funeste alliance
» de l'esprit de révolte et du fanatisme philoso-
» phique.

» Que d'exécrables moyens ont été employés
» depuis trois ans pour former, soutenir et pro-
» pager cette funeste conspiration contre toutes
» les lois divines et humaines? Ses auteurs ont
» commencé leur règne par la corruption, par
» l'artifice, par l'hypocrisie de la popularité; ils
» l'ont maintenu par le fer et par le feu. Leurs
» poignards et leurs torches incendiaires ont me-
» nacé quiconque osait s'avouer attaché aux au-
» torités légitimes. (Tout ce que la calomnie a de
» poisons, l'iniquité de recherches odieuses, la
» tyrannie de moyens oppressifs, la séduction
» d'empire sur la crédulité, la terreur d'effica-
» cité sur la faiblesse, les novateurs factieux l'ont
» employé à la conquête et aux progrès de leurs
» usurpations.)

» C'est avec de telles armes qu'ils ont osé dé-
» clarer la guerre à tous les empires, annoncer
» ouvertement le dessein d'étendre partout leur
» séditieuse doctrine, et l'effectuer par l'envoi
» de leurs émissaires agitateurs des peuples,
» prédicateurs du régicide, et prôneurs des in-
» surrections qu'ils n'ont pas rougi d'appeler *le*
» *plus saint des devoirs.* » . . . .
. . . .

Lorsque des destinées plus heureuses semblaient promettre à Louis XVIII le trône de ses pères, ce furent toujours les nobles accents dignes d'un fils de St. Louis, qu'il fit entendre à l'Europe.

Quel est le Français digne de ce nom qui n'arrosa point de ses larmes ces lignes que l'on croirait tracées par la main d'Henri IV, et que Louis XVIII adressait à un des plus illustres héros de l'immortelle Vendée, cette terre classique de l'honneur et de la fidélité.

« J'ai reçu, Monsieur (1), avec un plaisir que » vous pouvez aisément vous figurer, le témoi» gnage de votre attachement; celui de votre fi» délité m'était inutile, et je ne mériterais pas » d'être servi par vous et vos braves compagnons » d'armes, si j'avais eu le moindre doute à cet » égard.

. . . .

» Continuez, Monsieur, à me servir comme » vous avez servi mon prédécesseur, et croyez » que, si quelque chose peut m'alléger le fardeau » que la Providence m'ordonne de porter, c'est » d'être destiné par cette même Providence à

(1) Extrait d'une lettre du prétendant à Charette, en date du 8 juillet 1795. (*Voyez* Bertrand de Molleville, *Histoire de la révolution française.*)

» récompenser les plus grands services qu'un roi » ait jamais reçus. »

Et lorsqu'après avoir fatigué la terrible puissance du malheur, quand, une seconde fois, les Bourbons sont rendus à la patrie, voilà les nobles paroles que le descendant d'Henri IV fit entendre à la France. L'histoire les a recueillies et les présente à la postérité.... Le jugement des siècles se prépare.

« Dès l'époque où la plus criminelle des entre- » prises, secondée par la plus inconcevable dé- » fection, nous a contraints à quitter momenta- » nément notre royaume, nous vous avons avertis » des dangers qui nous menaçaient si vous ne » vous hâtiez de secouer le joug d'un tyran usur- » pateur. Nous n'avons pas voulu unir nos bras » ni ceux de notre famille aux instruments dont » la Providence s'est servie pour punir la trahison. » Mais aujourd'hui que les puissants efforts de » nos alliés ont dissipé les satellites du tyran, » nous nous hâtons de rentrer dans nos états » pour y rétablir la constitution que nous avions » donnée à la France, réparer par tous les moyens » qui sont en notre pouvoir, les maux de la ré- » volte et de la guerre qui en a été la suite né- » cessaire, récompenser les bons, mettre en exé- » cution les lois existantes contre les coupables,

» enfin, pour appeler autour de notre trône pa- » ternel l'immense majorité des Français, dont » la fidélité, le courage et le dévouement ont » porté de si douces consolations dans notre cœur.

» Donné au Cateau-Cambrésis, le vingt-cin- » quième jour du mois de juin, de l'an de grâce » mil huit cent quinze, et de notre règne le vingt- » unième. »

Non, les vœux des parjures seront impuissans. Le noble descendant des Bourbons sauvera le trône et la France. — Que le courage des cœurs fidèles reste inébranlable, semblables à ces jeunes palmiers que la tempête agite, et qui, au plus fort de l'orage, relèvent majestueusement leurs têtes audacieuses. — L'arbre de la royauté légitime a jeté d'indestructibles racines sur le sol de la patrie. Comme un cèdre aux vastes ombrages, il étend ses salutaires rameaux, qu'accroissent et fortifient les siècles. Il résistera à la puissance des temps comme au souffle impétueux des tempêtes.... Courbés quelques instants par l'orage, les lis ne se dessécheront jamais sur la terre française.... Ils renaîtront avec une vigueur sans cesse croissante, et paraîtront resplendissants d'un éclat plus pur et plus brillant que jamais....

www.ingramcontent.com/pod-product-compliance
Ingram Content Group UK Ltd.
Pitfield, Milton Keynes, MK11 3LW, UK
UKHW022151260726
13993UKWH00005B/2291

9 782329 168159